AF322065

# EPITRE

# A L'AMITIÉ.

# EPITRE A L'AMITIÉ,

Par MARIE-LOUIS-JOSEPH DE BOILEAU,

Agé de 70 ans.

ANCIEN ÉCHEVIN DE DUNKERQUE, ANCIEN MAIRE D'ABBEVILLE, JURISCONSULTE EXERÇANT DEPUIS LE 5 AOUT 1762,

*Maintenant à Paris rue Mâcon, N°. 9, par suite de sa demande en prise à partie, jugée en sa faveur le 22 Juillet 1806.*

DE L'IMPRIMERIE DE S. A. HUGELET.

## PARIS,

CHEZ { DEHU, Libraire, rue du Cocq Saint-Honoré.
A. G. DEBRAY, Libraire, rue Saint-Honoré, vis-à-vis celle du Cocq.

1811.

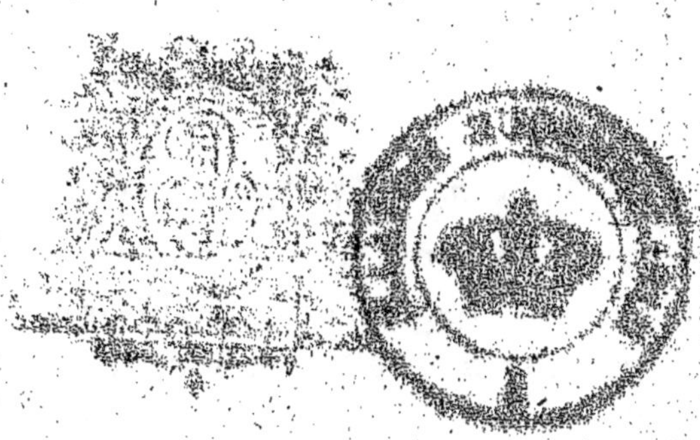

# ÉPITRE
# A L'AMITIÉ.

Amitié, don du ciel, preuve d'un cœur sensible,
Tu conserve toujours un charme irrésistible !
A tout âge on reçoit ta douce impression,
Et tout homme a vers toi même propension ;
Ton juste essor s'étend sur tout ce qui respire,
Et même le beau sexe éprouve ton empire.
Quel bonheur tu répands sur deux cœurs bien épris,
Qui de leur union connoissent tout le prix ;
Qui n'éprouvent jamais ni trouble, ni nuage
Et dont les doux liens, s'accroissent avec l'âge.

Le véritable ami ne craint point les revers,
Il soutient, il défend son ami dans les fers,
Et lui même dût-il partager sa disgrace.

Il ne voit, il n'entend que l'ami qu'il embrasse,
Il est, pour le sauver, prêt à braver la mort :
Voilà de l'Amitié le plus sublime effort.

Mais tout attachement n'a point ce ton tragique,
Avec moins d'appareil simple Amitié s'explique :
Desirer de se voir, et se voir très souvent,
D'un penchant mutuel est le plus sûr garant :
Tel est de l'Amitié le premier caractère,
Qui n'a point ce desir n'est point ami sincère ;
Ne point toujours chercher à revoir son ami,
C'est aimer froidement, c'est n'aimer qu'à demi.

Aux devoirs de sa place, à l'étude, aux affaires ;
On doit ses premiers soins, ses soins les plus sévères,
Mais l'ami véritable a des momens pour tout,
Qu'il sait bien concilier ses devoirs et son goût ;
Ses instans de loisir, il les tient en réserve,
Aux besoins de son cœur toujours il les conserve,
Pour deux cœurs bien épris se voir est un besoin,
Et les devoirs remplis tel est le plus cher soin.

Des amis ont toujours quelque chose à se dire,
L'un vers l'autre toujours même élan les attire ;
Ils s'abordent toujours avec nouveau plaisir.
Ils ne peuvent jamais trop tôt se réunir ;
Donner à son ami *sa confiance entière*,
Est de ce doux lien le second caractère ;

Les secrets les plus chers se versent dans son sein,
Et même quelquefois le plus simple dessein :
Tout lui communiquer est un charme, un délice,
Rien lui taire seroit une peine, un supplice,
Par ces épanchements l'Amitié se nourrit ;
Ils dilatent le cœur, ils satisfont l'esprit,
On l'a dit avant moi, très-vraie est la maxime :
Ne point tout confier est une offense, un crime,
Qui peut de ses secrets en cacher la moitié,
Dit trop et trop peu, trompe et trahit l'Amitié.
Deux amis ne font qu'un, ils n'ont qu'une seule âme,
Le même sentiment les guide, les enflamme.
Ils s'absentent par fois, mais toujours à regret ;
Pour les résoudre, il faut un puissant intérêt,
A la loi du devoir ils cedent avec peine,
Ils l'appelent souvent une mortelle gêne ;
Ils s'écrivent au moins, ils s'écrivent souvent ;
Traçant en traits de feu, tout ce que leur cœur sent.
Mais même en s'écrivant leur ame est mécontente,
Ils ont de se revoir une soif dévorante ;
Quel charme, quel plaisir, quels fortunés instants,
Quand ils peuvent remplir leurs vœux impatients !

~~~~~~~~~~~

Voilà les vrais amis, ils sont rares sans doute,
Mais avec eux aussi quel vrai bonheur on goûte !
Dans un autre soi-même on renait tout entier ;
Le sort le plus cruel, on peut le défier,
On brave sans effort la fortune ennemie,
On chasse loin de soi les peines de la vie,
~~~~~~~~~~~

Lorsqu'un autre nous-même, opposant sa raison,
Nous fait avec douceur une utile leçon,
Et, ranimant en nous la force, l'espérance,
De surmonter nos maux nous donne l'assurance !
Voilà de l'Amitié l'effet miraculeux :
Elle parle, et l'on semble être moins malheureux ;
Bientôt son charme agit, bientôt sa voix chérie,
Donne un nouveau ressort à notre ame flétrie,
Nous renaissons par elle, au courage, aux vertus.
Elle a revivifié nos esprits abattus ;
Bienfaisante Amitié, trésor de tous les âges,
Ton effort généreux charme tous les outrages !
Quels pleurs ne sechent pas le bon cœur d'un ami !
Un malheur partagé ne se sent qu'à demi.

* * *

Par fois aussi l'on doit *aider de sa fortune*,
C'est l'ordinaire échec d'une amitié commune :
*Ami jusqu'à la bourse*, on dit et l'on dira,
Tant que chez les humains soif de l'or régnera ;
Mais malheur à l'ami que ce dicton concerne,
Malheur s'il montre un cœur à ce point subalterne :
Dieu lui même maudit l'ami perfide et bas ;
L'ami qui *peut donner*, et qui ne donne pas,
Hésiter seulement, c'est se rendre coupable,
C'est annoncer une âme étroite et misérable.

* * *

Disons-le hautement, il faut à des tels cœurs,
Non point des vrais amis, mais d'insignes flatteurs,
Qui

Qui feignent finement une vive tendresse,
Caressant seulement, encensant la richesse.
Dupes de tous leurs soins ils demeurent souvent;
Le crésus les devine, il garde son argent.
Il les reçoit par faste, il les prie à sa table,
Souvent pour faire nombre, ou la rendre agréable,
Il donne *des dîners*, et non point des écus :
Le pauvre, la beauté n'obtiennent rien de plus,
Avec l'humanité son cœur a fait divorce,
Toute pitié s'émousse et demeure sans force.

Le superflu du riche aux pauvres appartient,
Induement dans ses mains, le riche le retient,
Dans le pauvre il doit voir son semblable, *son frère.*
Dieu même l'avertit d'adoucir sa misère :
Mais rebelle à son Dieu, rébelle à tout remord,
Trop souvent il ne voit, ne connoit que son or,
Et riant en secret du pauvre qui le flatte,
Il se plaît à montrer l'ame la plus ingrate,
Il voit, sans être ému, ferme en ses cruautés,
L'indigence à genoux réclamer ses bontés.

Un riche aussi féroce, à ce point insensible,
Est un être funeste, un citoyen nuisible :
Véritable fléau de la société,
Il devroit à son tour en être rejetté :
Quel bien fait-il sur terre, et de quel avantage
Sont cet or, cet argent qu'il reçut en partage ?

Insolent égoïste, il ne vit que pour lui,
On ne le vit jamais secher les pleurs d'autrui.
Ah! croyons qu'une juste et sage providence,
De tels mortels, permet quelquefois l'existence,
Afin d'honorer mieux le riche bienfaisant,
Dont la bourse est toujours ouverte à l'indigent.
Vivent de tels crésus! honneur, respect, estime,
Fera naître toujours le soin qui les anime;
Ils jouissent vivants d'un renom mérité
Qui demeure transmis à la postérité.
Le riche est ici bas de Dieu le mandataire,
Pour soulager le pauvre, adoucir sa misère.
Il rend ainsi son faste et sa prospérité
Utiles à l'Etat et à l'humanité;
Il est ainsi sur terre un ange tutélaire:
Il remplit le plus saint, le plus doux ministère;
Son or doit circuler et non point s'entasser,
Et noblement il doit savoir le dépenser.

Selon ses facultés chacun fait ses largesses,
Bon cœur n'exige pas des immenses richesses:
L'homme le moins aisé peut dans sa pauvreté
Signaler néanmoins sa sensibilité.
Le denier de la veuve en a plus de mérite.
Gens plus aisés, suivez, imitez sa conduite;
Prouvez votre bon cœur, et selon vos moyens
Accueillez, secourez les pauvres citoyens.
Riches, soyez humains, bienfaisants, charitables,
Et surtout montrez-vous toujours doux et affables.

Vous serez vénérés, prisés, bénis, chéris ;
Et l'on s'honorera d'être de vos amis.

Un Midas est aimé, comme lui-même il aime,
On l'aime *pour sa table*, et non point pour lui-même,
On aime son bon ton, ses lambris fastueux,
Et de son cuisinier les ragoûts savoureux.
Ceux que dans sa maison, chaque jour il rassemble
Sont heureux seulement de se trouver ensemble,
Du maître de maison, ils ne s'occupent pas.
Ils le flattent tout haut, le méprisent tout bas,
Toujours prêt à le fuir à la moindre infortune :
Ne caressant en lui que sa grande fortune,
Mais de pareils amis sont-ils à rechercher ?
Peuvent-ils usurper un nom auguste et cher !
Trompeurs sont les amis, qui n'en ont que l'écorce ;
Que l'intérêt commande, et l'opulence amorce.
Les flatteurs, les flattés valent le même prix,
Ils ne sont en effet dignes que de mépris,
L'homme de bien rejette une Amitié semblable,
D'un tel attachement son cœur est incapable.

Amis non moins suspects sont ces hommes ardents,
Qui sont tout cœur, tout feu, dès les premiers instants :
Leur feu peu réfléchi s'éteint et se dissipe,
Comme il s'étoit formé sans raison, sans principe,
Liaison aussi prompte amène le regret,
Sincère attachement n'est point un feu follet.

La jeunesse fougueuse à se lier est prompte,
Mais ce premier élan homme sage le dompte,
Durable attachement doit être réfléchi,
Combattu quelquefois, et par le temps mûri.

L'Amitié de l'amour n'a point la frénésie,
D'un sentiment moins vif, l'âme reste saisie,
Mais ce sentiment a toujours certaine ardeur,
Et souvent de l'amour prend toute la chaleur :
L'Amitié véritable est franche sans caprice,
A pour base première, un égal sacrifice :
Il faut qu'un digne ami retrouve en son ami
Le même sentiment qui le tient asservi :
Ils se doivent tous deux la même confiance
Des secrets les plus chers l'entière confidence,
Le même empressement à se joindre, à se voir,
Et s'en faire un plaisir, et non point un devoir.

Combien est malheureux l'ami tendre et sensible
Qui ne rencontre point une ame aussi flexible,
Qui seul fait tous les frais, et souvent peu fêté,
N'obtient que des égards de pure honnêteté !
Ne voit point son ami rechercher sa présence,
Ni desirer lui faire aucune confidence ?
Non moins infortuné qu'un amant rebuté,
Il doit sans doute en croire une juste fierté,
Rompre toute union, briser avec courage
Des nœuds mal assortis, devenus un outrage,

Il le veut, mais en vain, tant d'un premier penchant;
Demeure impérieux le cruel ascendant!
Quand une fois le cœur sincèrement s'attache.
A cette impression nul effort ne l'arrache.
Cœurs sensibles, craignez de vous laisser charmer,
Réfléchissez long-temps, long-temps avant d'aimer,
De tout attachement fuyez, craignez la chaîne,
Peignez vous les chagrins qu'un mauvais choix entraîne.

Mais peut-on vivre, ô ciel! sans avoir un ami!
En demeurer privé c'est mourir à demi,
C'est soi-même s'ôter le charme de la vie;
Trop penser est abus, trop prévoir est folie.
Le mal nous environne, et menace toujours
D'énerver nos plaisirs, d'empoisonner nos jours,
Un bonheur incertain, toujours près du naufrage,
Des malheureux humains est l'éternel partage.
Les inconvénients sont à côté du bien,
Et pour tout déranger, il ne faut presque rien.
Le bonheur le plus pur a par fois ses nuages,
Et le calme est toujours précurseur des orages.
Souffrir est notre lot, il faut s'y résigner,
A cet arrêt du sort, il faut s'abandonner.
Tout homme doit payer cette dette commune,
Il subit tôt ou tard toujours quelqu'infortune,
Il peut d'illusions seulement se nourrir,
Se bercer d'espérance...... espérer c'est jouir.

L'amour est un délire, une fievre brûlante,
Combien son feu trop vif empoisonne et tourmente?
Que de mauvais moments passe un homme amoureux !
Qu'il doit souffrir avant qu'on couronne ses vœux !
De réussir il n'a long-temps que l'espérance,
Eh bien, ce doux espoir est une jouissance,
Qui calme les tourments de son cœur agité,
Et le rend plus heureux que la réalité.
L'homme presque toujours poursuit une chimère,
Et son bonheur réel est alors qu'il espère.

Le bonheur véritable, est d'avoir un ami,
Dans son attachement toujours très affermi ;
Plus heureux est celui, qui peut de son amante,
En faire son amie, et la trouver constante,
A lui montrer toujours le même empressement,
La même affection, le même attachement ?
L'homme n'aura jamais cette délicatesse,
Qui d'une femme montre et prouve la tendresse,
Mille soins qu'on croiroit petits, minutieux,
Deviennent sous sa main charmants, délicieux,
Sa voix seule leur donne une teinte agréable,
Et femme aimable a l'art de rendre tout aimable.

Des femmes on a beau médire ; un seul coup d'œil
Confond les médisants, terrasse leur orgueil ;
De ce bas monde, Dieu veut qu'elles soient les reines,
Elles sont et seront toujours nos souveraines.

Considérons d'abord comme chez leurs parents;
Elles ont le ton doux, et les soins caressants.
Elles font le bonheur de leur famille entière,
Et très jeunes encore elles aident leur mère.
*Epouses* voyons les gouverner leur maison,
De leur nouvel état, prendre aussitôt le ton,
Captiver d'un mari la tendresse jalouse,
Et remplir les devoirs et de mère et d'épouse;
*Mères*, nous les voyons toutes à leurs enfants,
Avoir pour eux des soins sans cesse renaissants,
Les nourrir de leur lait, les surveiller sans cesse;
Leur montrer constamment la plus vive tendresse:
Par ces heureux efforts de leur constant amour,
Deux fois en quelque sorte, elles donnent le jour.

De quelques agréments dont le beau sexe brille;
Ce qui bien plus l'honore, il est le sexe utile.
*Enfants* il a de nous d'inaltérables soins,
Il pourvoit avec zèle à nos premiers besoins;
*Hommes faits*, il nous charme, avec nous il partage
Et des biens et des maux le pénible héritage
Il est en toute chose avec nous de moitié;
Et non moins que l'amour il connoit l'Amitié;
De tous les sentiments son cœur est susceptible,
Il s'agit de fixer ce cœur tendre et sensible,
Ce cœur né pour aimer et prompt à s'attacher;
On peut tout obtenir dès qu'on sait le toucher;
Mais généralement il faut un certain âge
Pour que simple Amitié devienne son partage:

C'est lorsqu'on a acquis quelque maturité,
Et des feux de l'amour, on n'est plus agité,
C'est alors seulement, et surtout chez la femme
Que de l'Amitié peut naître la pure flamme
Que de ce sentiment l'ineffable douceur,
Peut satisfaire l'ame, et contenter le cœur.

Bienfaisante Amitié, charmant et doux délire,
Rien ne peut énerver ton séduisant empire,
Un baume souverain est toujours dans tes mains,
Tes doux nœuds sont l'espoir, le salut des humains,
Toi seule peux calmer tous les maux de la vie,
Nous faire supporter leur pénible série,
Procurer quelque treve à nos adversités,
Et nous donner enfin des jours moins agités.
La paix et l'union signalent ta présence,
Le chagrin le plus vif perd toute sa puissance,
Tu n'offres d'embarras que celui d'un *bon choix*,
Mais alors quel bonheur de vivre sous tes loix.